이상한 야유회

이상한 야유회

김 혜 수 시 집

창비

차 례

제1부

챔피언

한 사내가 버스에 오른다
왕년에 챔피언이었다는 그의 손에
권투글러브 대신 들려 있는
한다발의 비누가
세월을 빠르게 요약한다
이 비누로 말하자면

믿거나 말거나
세탁해버리기엔 너무 화려한 과거를 팔아
링 밖에서 그는 재기하려 한다
맨 뒷좌석의 여자가 단돈 천원으로
한번도 챔피언이었던 적 없는
챔피언의 몰락한 과거를 산다
한번도 그녀 자신이었던 적 없는
자신의 재기를 다짐하듯

그를 다시 본 건 달포 후
한강을 막 건너고 있는 전철 안에서이다

비누 대신 그의 손에 들려 있는
한 쎄트의 칼
왕년에 전과자였다는 그가
다시 칼을 뽑는다
이 칼로 말하자면

어디 갔니

잃어버린 무선전화기를 냉동실에서 찾았어
어느날 내 심장이 서랍에서 발견되고
다리 하나가 책상 뒤에서
잃어버린 눈알이 화분 속에서 발견될지 몰라
나는 내가 무서워
앞마당에 나왔는데 무얼 가지러 나왔는지
도무지 기억나지 않아
괜히 화초에 물이나 주고
시든 잎이나 떼는
그, 짧고도, 긴, 순간
나는 어디로 줄행랑친 걸까
빈집의 적요처럼 서 있는
너, 누구니
내가 혹 나를 찾아오지 못할까봐
환하게 불 켜고 자는 밤
이번 생에 무얼 가지러 왔는지
도, 도무지 기억나지 않아

사과를 깎는다

노인 앞에서 사과를 깎는다
노인은 아마겟돈과 낙원에 대하여 얘기한다
낙원의 껍질이 나선형으로 깎여내려간다
사시(斜視)인 노인의 눈이 동굴처럼 깊다
노인은 까막눈이다
그는 여호와의 증인이 아니라
불립문자의 증인일지도 모른다
증인은 증인을 알아본다는 듯
노인의 눈이 나를 뚫고 어디로 간다
도르르 깎여내려가던 사과껍질이 끊어진다
나에게도 낙원은 필요하다
여섯 등분으로 나뉜 사과가
나를 뚫어지게 바라본다
낙원이 나를 한입 베어문다
이빨자국이 난 채
갈색으로 변한 내가 접시에 놓여 있다

역전 식당

국밥을 주문해놓고
티브이 화면 속 무균실 유리상자 안에서
밥숟가락 뜨는 아이를 보네
육체에 배달되는 밥이라는 세균
병 깊어 투명한데
밥 한술 뜨는 게 필생을 기울이는
의식이어서 읍하고 서서
마음으로 대신 밥을 먹고 있는 어미
먹는 게 아니라 다만
먹어두는 밥이 있네
서둘러 한술 뜨는 역전 식사
식탁을 가로질러 모서리에서 툭
급하게 사라지는 햇살
유리문을 밀고 왁자하게 밀려왔디기
왁자하게 쓸려나가는 발자국에
이상한 고요가 묻어 있네
한칸의 정적 부려놓고 기차 떠나네
가벼운 흥분으로 와글거리다

잦아드는 기다림의 끝에
마주하고 싶은 밥이 있네
식어버린 선지처럼 겉돌며
역전 식당 창가에 앉아
일렬로 늘어놓은 화분들을
오래도록 내다보고 있는
저기, 저

연습

자판기 커피를 마신다
종이컵에 새겨진 '조금 많이 행복한 오늘 되세요'
라는 문구 때문에 나는 행복해진다
내 커피는 점점 달아진다
너무 단 것들은 종종 나를 망쳐왔다
행복도 불행도 습관일 뿐
습관은 프리싸이즈
먹이를 통째로 삼키는 보아뱀처럼
무엇이든 담을 수 있다
장난감 권총으로도 비행기를 납치할 수 있듯
종이컵으로도 행복을 연습할 수 있어야 한다
햇살을 퍼담는 손거울, 비눗방울
미확인 비행물체, 다마스쿠스라는 말
을 발음할 때 일어나는 바람 따위로?
그것은 가능한 일일까?
물증은 없으나 심증은 조금 많은
행복한 오늘?
그랬으면 좋겠다

불행에도 자동 온도조절장치가 있어
비등점을 넘어서지 않을 만큼만
끓다가 잦아들면 좋겠다
......
아무래도 이건
아니다
(이다)
커피를 다 마시고
'조금 많이 행복한 오늘 되세요'가 새겨진
종이컵을 휴지통에 넣는다
휴지통은 행복하다

꽃이 되지 못한 칫솔

그들도 한 개의 칫솔로 이를 닦던 때가 있었다 칫솔을 꽃병에 꽂자 문득 칫솔은 꽃피고 싶었다 칫솔은 꽃병 속에서 자랐다 쑥쑥 웃자란 칫솔은 꽃피고 싶었지만 자기도 모르게 그의 입속으로 들어가 그녀를 고자질하고 그녀의 입속으로 들어가 그를 이간질했다 칫솔이 꽃피고 싶어 몸부림을 칠수록 씨근덕거리며 그의 혀가 그녀를 조롱하고 그녀의 혀는 낙담했다 꽃피고 싶었으나 칫솔은

끝내 그들은 더이상 같은 칫솔로 이를 닦지 않게 되었다 서로의 입속을 우편배달부처럼 들며 날며 비밀을 읽고 배달하던 때를 칫솔은 기억한다 언제부턴가 허락도 없이 칫솔은 전락해갔다 칫솔은 꽃피고 싶었으나 꽃병 속에서 칫솔은 뒤틀린 채 시들어갔다 칫솔은 끝까지 그 자신을 참회하지 않았다 그럼에도 불구하고 꽃피고 싶었던 칫솔은 끝내 꽃이 되지 못했다 무럭무럭 웃자라도 칫솔은

기억을 버리는 법

버리자니 좀 그런 것들을
상자 속에 넣어 높은 곳에 올려놓는다
가끔 시선이 상자에 닿는다
쳐다보고만 있자니 좀 그런 것들을
더 큰 상자에 넣어 창고 속에 밀어버린다
창고 속에서 먼지를 뒤집어쓰고
모서리가 삭아내리는 것들
자주 소멸을 꿈꾸며
닳아 내부조차 지워져버린 것들
가끔 생각이 창고에 닿는다
고요한 어둠속에서 점차
생각조차 희박해지고
창고를 넣을 더 큰 상자가 없을 때
그때 상자 속의 것들은 버려진다

나도, 자주, 그렇게 잊혀갔으리라

금성 냉장고

공터에 버려진 오래된 금성 냉장고
눈 맞으며 비로소 냉장고로 완성된
저 안에 너와 유폐되고 싶어라
덜덜 떨며 부둥켜안은 채
으스러져라

고단한 간 쓸개 지느러미 오장육부 분해해
위 칸 아래 칸 문짝에 넣어두고 부위별로
금성 화성 토성 명왕성
어디든 빛나는 곳에 들고 싶어라

공터로 밀려난 저 냉장고 안에도
한 세계가 있어
나보다 먼저 유폐된 호미며 닛이며
화분이며 고철더미 들이
녹물 흘리며 뒤엉켜 한살림 차렸다

문을 열자

냉장고 안 화분 속에 웅크린 씨앗이

달빛도 꽝꽝 얼어붙은 바깥을

넌지시 내다보며

문 닫아라 바람 들어온다

마른기침하며 눈 흘기며

것이었다가

잘못 들어선 골목
유리 안에 진열된 여자들
유통기한이 지난 상자 속 알약더미들 같다
용도와 쓰임을 모르는 오래된 알약들
변기에 쏟아버린 적 있다
한때 약이었다가
약도 아닌 독도 아닌 것이었다가
독이 되어가는
유독 선명한 색깔로 코팅된
캡슐 속의 여자들이
읊조리는 복화술
붉은 조명 아래
'고기는 냉동실에 있음'을
'살점은 냉동실에 있음'으로 써 붙인
정육점 유리를 지나 골목을 빠져나오며
문득 창공을 향해 비상했는데
유리에 부딪혀 추락한
날벌레를 떠올린다

밖이 훤히 내다보이는

안이었다가

안도 아닌 바깥도 아닌

것이었다가

바깥이 되지 못하는

(비상구엔 늘 자물쇠가 걸려 있다)

공갈빵

크고 딱딱한 공갈빵
한입 베어물면
달착지근한 설탕물 흘리며
빵 속 가득한 허공이 큰 입을 벌린다
구파발행 마지막 지하철
자정 근처의 텅 빈 지하철 안이
공갈빵 같다

공갈빵은 먹기 직전까지만 빵이다
마지막 1분이 되기 전의 영원한 59초처럼
한입 덥석 베어무는 순간
허공이 되어 사라져버린
다만 길고 긴 직전뿐인
와글와글하던 한때

춤만 있고 춤추는 사람은 없는
하모니카 뭉개진 소리만 있고 연주가는 없는
주정만 있고 술꾼은 없는

텅 빈 지하철 속을
쩌렁쩌렁
빈 음료수캔이 누비고 다닌다

지하벽화 속의 푸른 말
달리고 싶은데
구파발은 종착역이다

얇아진 내 귀는

늦은 밤
엘리베이터로 올라가는 길이
공중으로 하관(下棺)하는 길 같아
한편에 기대선 사내의 이어폰에서
가느다란 선율 고치실처럼 풀려나오네
고치에 싸인 채 애벌레가
버둥대며 공중으로 들어올려지는 걸 상상하네
공중무덤 속에서 번데기로 누워 있는 나도 보이네
순간 숨막히는 침묵에 금이 가고
그 틈새를 비집고 가느다란 선율이
그의 귀에서 내 귀로 건너오네
실뜨기하듯 밀고 당기며 실랑이하다가
얇아진 내 귀는 천상의 소리를 듣네
―플라이미투더문 나를 달에 보내줘
그리고 별 사이에 있게 해줘
목성이나 화성의 봄이 어떤 것인지
나에게 보여줘
젖은 솜처럼 무거운 몸뚱아리를 가뿐하게

달까지 들어올리는 이 길이
다만 썩은 동아줄이 아니기를
플라이미투더문
나를 세상 밖 어디라도 보내줘
귀로 천천히 수혈되는 저 샛길 따라
생의 중력이 깃털처럼 가비얍게

부적절한 보행

노련하게 수직 벽을 오르내리던 거미가
수평 비닐장판에서 사족을 못 쓰고
미끄러지네
수직에 강하고 수평에 약한 족속을
나는 더 알고 있다네
벽돌을 시고 철근 위를 오르내리던 다리
막걸리 몇잔에 갈지자 그리며
사족을 못 쓰네
(실은 저 다리 한쪽은 의족)
내 말 안 들으면 다 자를 겨
자를 테면 잘라봐 이판사판 공사판이야
암벽을 제집처럼 오르내리면서
아스팔트 걷는 게 낯설다는 남자
채 굳지 않은 콘크리트에 빠진 발을
미처 빼지 못해 청춘을 탕진한 남자
이건 뭔가 만물의 영장인
직립인간의 보행이라기엔 부적절해 보이지만
수직에 강하고 수평에 약한

이상한 족속을 나는 더 알고 있다네
어떤 더듬이로도 어떤 보행법으로도
건널 수 없는 길 하나씩
제각각 가지고 있다고 하기엔
거기까지가 길인 거라고 하기엔
뭔가 부적절한

미라 애인
우리가 지금 보고 있는 별은 천오백년 전 이미 우주에서 사라진 별이다

한번의 손길에 풀썩 무너져내릴 듯한 미라
웅크린 채 끌어안고 있는 토기 속으로
천오백년 전에 천상에서 사라진 별이
이제야 빛이 되어 쏟아지네
지하도 입구
아이를 둘러업은 여자가
끌어안고 있던 그릇이
천오백년 전 지상에서 사라진
아직 밥 되지 못한 쌀을 기다리네
몇개인지 모를 허기를 건너와
밥이 되는 사랑이 저와 같아서
어느새 토기처럼 오목해져버린
내 몸속으로 빛이 되어 쏟아질
천오백년 뒤의 당신이어
세 개의 사막을 건너도
천 개의 사막이 남아 있는 길
그것이 당신에게 가는 길이어서
토기 하나 끌어안고

천오백년 동안 웅크린 채
다만 풀썩 무너져내리기 위하여
몇개인지 모를 애간장을 건너와
재가 되는 사랑이 저와 같아서
육탈한 기다림의 종족이 저와 같아서

챔피언

쉬! 무언가 새고 있다

열심히 조이세요
요실금을 막아줍니다
요가교실에서 괄약근을 조이는 사람들
망가진 오줌보 대신
허리에 비닐 소변주머니를
챔피언벨트처럼 차고
달포마다 비닐 내장을 교체하러
노모가 병원에 간다
고장난 울대뼈를 들썩이며
시도때도 없이 울음이 새는 암탉과
오줌이 새는 노모는 아무래도 샴쌍둥이
고관절을 삐걱이며
그녀가 어딘가로 몸속의 짐짝들을
하나씩 옮기고 있다
아기집을 들어내고 오줌보를
간과 콩팥을 들어내고 이사 끝나는 날
진정 챔피언이 될 그녀를 위해
꽃다발과 기립박수를 준비해야 하리

오줌이 샌다
대낮의 총포사 철창 사이로
형광등 불빛 흐리게 새어나오듯
골짜기 기도원에서 통성기도 소리
흘러넘치듯
강 같은 평화

한 개보다 긴 그림자

오늘은 아파트 분리수거일
분리수거하러 가다가
시구를 운반하는
구급차와 마주친다
뒤를 따르는 경찰차
신고와 허락과 결재가 필요한
죽음이 여기 있다
분리되고 수거되고
재활용되기 위하여
쓰임을 다한 것들이 들려나오고
생을 다한 노인이 들것에
실려나온다
멀리서
고단하게 아들집에 다니러 왔다가
아들 손자 며느리 보고
다시 먼 곳으로
운구되어 간다
오늘은 아파트 분리수거일

제2부

어느새

골반교정기를 끼고
생협물품안내서 넘겨보다 내다본
대로변 정육점 앞
비상등 켜고 하역작업중인 냉동차 안에
고깃덩어리들이 외투처럼
가지런히 걸려 있다
누가 벗어놓은 것일까
어떻게 다시 입을 수 있을까
황성옛터를 구성지게 풀어놓던 레코드판
지지직거리고
화장실 문 활짝 열어놓고 일 보시던 할머니
오락가락하다 꽃 피는 지난 봄
정신 아주 놓아버리시고
이제
폐허에 서린 회포는 누가 풀어주나
느닷없이 몇해 만에 날아든 옛 애인의 메일처럼
창틀에 앉아 있는 작은 새
치골 치콜 치골 치콜 하면서

뜻 모를 노래 부르다
날아가고

어느새

냉장고

부패의 지독한 공화국이 내 안에 세워진다
육질이 싱싱해 보이는 생들이 문밖으로 나오는 즉시
단숨에 썩어 문드러지는 것을 목도한다
시간만 연장하는 것은 불온하다
독한 부패를 잉태할수록 내 안은 더 차가워진다
죽음이 은유되고 치환된다
이제 나는 지쳤다
내 속으로 깊숙이 삽입되기를 거부한 날것들이
들숨과 날숨 사이에서 서서히 썩어가듯
내게도 뜨뜻하고 끈적거리는 숨결이 필요하다
부패를 닮은 부패와
죽음을 닮은 죽음이 보고 싶다
세상의 지독한 부패가 내 안에서 이루어진다

세상은 부패한 냉장고를 넣어둘
또다른 냉장고가 필요하다

가령

병원으로 들어선다는 게 그만
병원 옆 장례식장 문을 열었다 하자
어서 오십시오
죽음의 그림자가 나를 반겼다 하자
놀라 얼떨결에 아, 안녕하세요 인사를 했다 하자
인사를 하고 보니
죽음이 불현듯 반가워졌다 하자
들어선 김에 수의와 관을 맞추었다 하자
까짓것 내친김에 묏자리까지 알아보았다 하자
(내 집 마련의 부푼 꿈)
죽음의 커다란 손바닥이
엄마손은 약손 하며
환부 없는 내 아픔을 천천히 쓸어주었다 하자
꾸벅 졸다 화들짝 낯선 버스정류장에 내려
여기가 어디지?
마음을 내려놓다가 몸을 내려놓았다 하자
무심코 화살표 따라가다가 불현듯

얼음 속 구두는 입을 벌리고

겨울 강에 구두 한 짝 얼어붙어 있다

어느 봄날 히말라야 만년설 계곡에서 흘러내려온 푸른 주검을 안고 오열하던 여자가 있었네 얼어붙은 젊은 주검은 오래전 등반하다 실종된 그녀의 연인이었네 미처 얼음 속에서 한발 빼지 못하고 봉합된, 다만 조금 긴 겨울 한나절이었을, 얼음 속에 처박힌 사랑을 부둥켜안고 안간힘으로 녹여내던 애인보다 훌쩍 늙어버린 여자

얼음 속 구두는 입을 벌리고 뭐라뭐라 말을 하고 있다

한발을 얼음 속에 묻어두고 다른 시간 속에서 혼자 늙고 있을 맨발의 외짝 구두 무모하지 않은 것은 기다림이 아니네 빠끔 벌린 구두의 입속에서 얼어붙은 투명한 뮤장들 이미 흘러간 것들과 이제 흘러가버릴 것들 틈새에 갇힌 세월의 무늬란 저런 것이네

세숫대야가 필요하다

　방생한 물고기를 하류에서 되잡아 파는 사람을 목격하고 조모가 자라를 집으로 되가져왔다 거듭되는 방생과 포획의 고리에서 간신히 벗어난 자라는 지금, 마루 세숫대야 속에서, 물장구를 치며 놀고 있고 조모는 방에서 자라목을 움츠리고 있다 오랜 세월 계속된 조모의 방생은 막을 내렸다 이제 자라가 조모를 방생할 차례 할머니를 방생할 좀더 큰 세숫대야가 필요하다

아라비안나이트

기도시간이 되자 차 세우고

허름한 임시 기도실로 총총히 사라지는

후쎄인 무함마드 압둘 하싼

모여든 차들 사이

목포나이트라 씌어 있는 봉고차와 마주치다

머나먼 티국에서 만난 모국어는

식구를 우연히 밖에서 만났을 때처럼 낯설고 신기해

그 옆에서 브이를 그리며 기념사진을 찍는다

어쩌면 개업한 지 일년도 되지 않아 부도나

열사의 나라로 팔려왔을 목포나이트를

사막은 해독 불가능한 상형문자 이전의

무늬로 돌려놓았다

기도가 끝나고 서둘러 빠져나가는

압둘 하싼 후쎄인

건너야 할 사막 아직 멀고

해야 할 말들 모래바람에

자꾸 지형을 바꾸고

목포나이트 타고 달리며 꿈꾸는

아라비안나이트
시야에서 점점 멀어지고

컷!

담장 안
죄수들이 축구를 한다
내기 축구다
인생은 포기해도
담배 한 갑과 초코파이는 절대 포기할 수 없다
사생결단이다
담장 밖
나무들도 내기중이다
누가 먼저 탈옥해 꽃 피우나
옥신각신이다
사식 넣어주듯
담장 밖에서 안으로
가지를 들이밀어주고 있는
저 나무
가만, 이름이 뭐였더라
그깟 이름 따위 잊어버리고
내기에 열중인 익명의
사형수, 장기수, 무기수……

냅다 축구공 허공으로 솟구치는 순간
꼭 누군가
컷!
하고 외칠 것만 같고

야유회

대절버스 타고
벽제숯불갈비 지나
서울시 시설관리공단 장묘사업소 2km→
를 지나 납골당 분양합니다를 지나
야유회 간다
잠시 검문 있겠습니다를 지나
저 뒤에서 흔들어대는 아줌마
자리에 좀 앉아주세요를 지나

뮤직박스에서 흘러나오는 음악에 맞추어
춤을 추던 인형이 느닷없이 멈추어서듯
눈 깜짝할 새에 컨베이어벨트로 갈아타고
자동문 안으로 사라지는 관광버스
화려한 꽃무늬 커튼 사이로
보일락말락 흔들어대던
출렁이는 살집 어디 갔나

유리상자 안에서 약 조제하듯

뼈를 절구에 빻고 있는 하얀 가운을 지나

잠시 검문 있겠습니다를 지나

납골당 분양합니다를 지나

서울시 시설관리공단 장묘사업소 2km→를 지나

벽제숯불갈비 지나

나일론 보자기에 싸인 상자

대절버스 타고 어딜까 어딜까

야유회 간다

휘둥그레져서

벽 속에서 누가 못을 박는다
어떻게 나한테 이럴 수 있어
못이 뽑힌다
벽 속에 갇힌 못자국이
허공으로 흩어진다
씨이렌이 울리고
벽 속으로 구급차가 달려간다
벽이 날아오른다
의자가 날아오른다
더는 의자이고 싶지 않은 의자
더이상 아이가 아니고 싶은 아이
울음을 터뜨리며 벽 밖으로 추방된다
짧고 힘차게 도움닫기를 하다가
사뿐 구름을 뛰어넘는다
이 모든 게 벽 속에서 일어난 일이라니
망가진 시곗바늘이 저 혼자 돈다
물컵이 솟구쳐오르다가 엎질러진다
물은 물컵이 잠시 그립기도 하지만

창틀이 날아오른다
와장창 유리파편에 찔린 바람이
저절로 뜬금없이 랄랄라 풀려난다
서랍이 끓어넘친다
놀란 빗자루가 날아오른다
닭이 날아오른다
벼슬을 곧추세우며 홰를 치며
허공의 새들 휘둥그레져서

썬샤인

깡통에 반사된 햇빛에 누군가 베일 것만 같은 날
손님인 여자는 땀을 훔치고
주인 여자는 눈물을 훔치다가
입구에서 마주칩니다
떠나온 사람과 떠나지 못하는 사람이
서로를 한눈에 알아봅니다
둘다 존재가 버거운 순간입니다
썬샤인엔 작은 창이 있고
카운터 중고카세트에서 온종일 흘러나오는
철 지난 유행가가 있습니다
유방이 큰 여자가 삐뚜름히 액자 속에 누워 있다가
더러 액자 밖으로 걸어나와
유쾌한 마술을 부리기도 하는 썬샤인엔
가령 삶이 너무 뚱뚱해서 가벼워져야만 하는
빵 반죽처럼 부풀어오른 과장된 식탐과
뒤범벅된 날것의 눈물이 있습니다
삶은 여행중에 바뀐 가방의 우연 같은 것
금지된 여행을 연장하기 위하여

헝클어진 이야기를 가방 속에 감추기도 하는 것
썬샤인엔 아무리 멀리 던져도
황혼의 허리를 쓰윽 베고 부둣가로 다시 돌아오는
부메랑이 있습니다
장기투숙자의 비린내 나는
환상 같은 것들이 있습니다

모든 첫번째가 나를

모든 첫번째가 나를 끌고 다니네

아침에 버스에서 들은 첫번째 노래가
하루를 끌고 다니네
나는 첫 노래의 마술에서 풀려나지 못하네
테엎 감긴 자동인형처럼 첫 노래를 흥얼거리며
밥을 먹다가 거리를 걷다가
흥정을 하다가 거스름돈을 받다가
아침에 들은 첫번째 노래를 흥얼거리네

모든 첫번째 기척들이 나를 끌고 다니네

첫 떨림과 첫 경험과 첫사랑과 첫 눈물이
예인선처럼 나를 끌고
모든 설레임과 망설임과 회한을 지나
모든 두번째와 모든 세번째를 지나
모든 마지막 앞에 나를 짐처럼 부려놓으리
나는, 모든, 첫번째의, 인질,

잠을 자면서도 나는
아침에 들은 첫 노래를 흥얼거리네
나는, 모든, 첫 기척의, 볼모

들똥

꽃구경 나온 아낙이

무덤자락에 다급한 들똥을 눈다

뒤를 온통 들킨

들킨 줄도 모르는

이승이 저승을 향해

허연 볼기짝 치켜들고 끙끙댄다

완성되지 못한 문장 끝에 찍힌 물음표를 닮은

황금색 들똥

갓 지은 밥처럼 모락모락 김을 피워올리며

무덤 한쪽을 뜨듯하게 데운다

간만에 친목회 대절버스 타고 꽃구경 나와

들똥을 누는 저 아낙도

누군가 내지른 물음표다

질문에 화답하듯 숲이 내지른

철쭉이며 산벚꽃이며 산수유

까짓것 이번 생엔 퍼질러앉아

똥이나 실컷 누자고

질문이나 실컷 하자고

물음표 대롱대롱 매달고
용을 쓰는 허연 볼기 사이로
태양이 뉘엿

아직 옷이 아닐 때

타이탄 트럭이 급커브를 돌다
트럭 뒤 가득한 옷감들 길 위에 왈칵 쏟아놓는다
옷이 아직 옷이 아닐 때
길과 포개지는 법 몰라
엎질러진 꽃무늬들 짓이겨지고
꽃향기 타이어 자국과 같이
속절없이 노숙할 때
옷이 아직 옷이 아닐 때
갈팡질팡 더럽혀지고 구겨진 채
캄캄한 골방 속으로 던져질 때
가위질되고 마름질되기를
시쳐지고 공글려지기를 기다릴 때
적막한 몸뚱이 하나 감싸지 못하는
옷이 아직 옷이 아닐 때
곰팡내 나는 골방에서
완성되지 못한 무늬가 무늬에게 건너가
또다른 무늬를 이루며 오지랖을 넓힐 때
기다리는 것들 결코 오지 않는다는 것을

간신히 알아차릴 때
끝내 옷이 되지 못하고
한 필의 피륙 속 꽃무늬로
천천히 시들어갈 때

말해보렴, 뭘 했니?

그 순간 어둠속에서
낚싯바늘에 걸린 물고기처럼
그녀가 잠시 파닥거렸을 것이다
단지, 머리만 살짝 들이밀었을 뿐인데
허공은 그녀의 하체까지 가뿐하게 들어올렸다
매듭지을 수 없는 수많은 것들이 너무도 간단하게
한가닥의 끈으로 매듭지어졌다
하나의 매듭으로 수천의 매듭들과 화해한 그녀
단추 많은 셔츠를 벗고 잠자리에 들듯
가지런히 벗어놓은 몸
기어이 그녀가 허공에 입성했다
어쨌거나 이제 곧 날이 샐 것이고
태양은 허공에 입성한 여자의 하체로부터
서서히 떠오를 것이다
태양이 그녀의 귀에 대고 속삭일 것이다
말해보렴, 뭘 했니? 여기 이렇게 있는 너는
네 젊음을 가지고 무얼 했니?*
날이 새기 전에

허공의 맨 꼭대기에 도달하려면
서둘러야 할 것이다

*뽈 베를렌느의 「하늘은 지붕 너머로」 중에서.

날궂이

아직도 노모는 나무라실 때
대체 뭐가 되려고 그 모양이니 그런다
아직 될 것이 남아 있다니 꿈같고 기뻐서
나 아직 할 것이 남아 있다니
눈물겹고 기뻐서

내리는 비를 피하고 있는 처마 밑
누군가 날씨가 어째 호되게 꾸중 들은 날 같냐
하니까 누군가
엄마한테 흠씬 매 맞고 싶은 날이야 그런다
자신보다 더 젊은 엄마 사진을 꺼내며
꾸지람 속으로

제3부

나는 꽃이 아프다

눈 덮인 묘지 옆에
피어 있는 꽃 한 송이
가까이 가보니
플라스틱 꽃이다

자세히 들여다보니
온몸을 떨며 울고 있다

꽃 안으로 들어가지도
나가지도 못하고
꽃을 버티고 있다
누워 있는 당신이 한 짓을 좀 보렴

지지도 못하고
재갈을 물고 떨고 있는
저 꽃에게

허묘 하나 만들어주고

술 한잔 따르고
돌아서서

나는 꽃이 아프다

척

나무껍질인 척
나무에 들러붙어 있는 얼룩대장 노린재
앙상한 나뭇잎인 척
돌인 척 모래인 척
숨 참고 있는 나비박쥐, 강변메뚜기
나뭇잎에서 나무껍질로 모래로 놀로
거처 옮기는 동안
아픈 척 죽은 척 더러 사람인 척
보호색을 바꾸는 동안

새빨간 거짓말이 참말이 되면 어쩌나
은폐하고 경계하고 위장해도
아무것도 되지 못하면 어쩌나
시치미 떼고 딴청 부리다
온통 들켜버리면 어쩌나

낮잠 자다 눈 떴을 때
아무도 없는 정적 속에서

지그시 나를 내려다보고 있는
천장의 사방연속무늬인 척 장롱인 척
벽에 걸린 그림인 척 커튼인 척
거울인 척 딴전 피우며
내 일거수일투족 다 보고 있는 누군가
햇살인 척 바람인 척

왼쪽 오른쪽

1
가변차선을 달리는 마음은 이제
트럭 뒤에 실려 어디론가 가는
조립식 옥외변소만 같다
몇개 신호등을 지나 언덕배기에 읍하고
서서 비를 긋는다
어느새
문 열어젖히고 환하게 내부를
드러내 보이고 있는 옥외변소
말라비틀어진 배설물 위로 삐죽 싹이 올라온다
벌레와 풀씨에게 조금씩 제 속을 내어주고
천둥과 벼락과 구름을 길들이고
비바람과 하나가 된 조립식 옥외변소 위로
고압선 한가닥 지나간다

2
짬 맞지 않는 틈으로 들어와
내부를 수직으로 베어내고

나프탈렌 속에서 조금씩 휘발되는 석양
한없이 투명에 가까운 먼지 입자들
일제히 일어나 기립박수 친다
누군가 써놓은 하심(下心)과
캄캄한 아가리 사이
허벅지 드러내고 웅크리고 앉아 있는
호모싸피엔스
용을 쓰며 작은 틈으로
만화경 속 같은 바깥을 들여다본다
위태로운 무게
왼쪽 오른쪽 번갈아 실어보면서

누구세요

칠순 넘긴 며느리가
구순 시어머니 빤스를 갈아입힌다
다리를 절뚝이며
칠순의 어머니가 할머니와 씨름한다
그 광경을 지켜보는 내 이마에
식은땀이 다 난다
귀 어두운 건 피장파장
빌어먹을
하루종일 귀청이 터지도록
소리 질러가며 승강이다
빤스 하나 갈아입히는 것도 전쟁이다
한바탕 일 치르고 나서
눈이 어두워져 돋보기 끼고 신문 보는 손녀를
물끄러미 바라보며
누구세요?
이제 막 눈을 뜨고 세상 구경 나온 것 같은
저 눈동자

병 속의 시간

　전(全)생애를 한 닷새쯤으로 압축해 병 속에 넣고 당신과 살림 차려도 좋겠다 병 속에서 비늘 반짝이며 헤엄치는 동안 병 밖 어디선가 심방 나온 신도들이 찬송가 부르고 내 주를 가까이 반주에 맞추어 다디달게 죽어도 좋겠다 전생을 한 사흘쯤으로 진공포장해 병 속에 넣고 썩지 않는 아니 유통기한이 조금 더 긴 통조림 같은 임시정부 세우고 너마저 버리고 한 사나흘 나 홀로 망명해도 좋겠다 시치미 떼듯 수시로 이름표 갈아끼우는 마음의 변덕이 나를 벌하고 있는 줄도 모르고 연료탱크 눈금이 뚝뚝 떨어질 때까지 석유 배달 아저씨가 병뚜껑 따고 들어와 석유를 쏟아부을 때까지 그 석유 바닥날 때까지 전생애를 단 하루로 압축해 병 속에 넣고

러닝머신

잠이 덜 깬 출근길
외곽순환도로를 걷고 있는 개 한 마리
출구가 보이지 않는 자동차 전용도로를
러닝머신 위를 걷듯 두리번두리번
걷고 또 걷는 저 개

자석에 이끌려가는 듯한 눈빛
익숙한 근육의 실룩거림
꼬리를 축 내리고 힐끔힐끔 뒤돌아보며
네발로 걷던 때
언제였더라

언젠가 어디선가 딱 한번 살았던 생을
재현하고 있는 것만 같을 때
현장검증하는 것만 같을 때가 있다
봉인된 관을 열고
부관참시하는 것 같을 때

엉덩이를 실룩거리며

러닝머신 위를 뛰다가

발을 헛디뎌 인대가 끊어졌을 때

대체 여기는 몇번째 연옥일까

이번 생은 내가 그 속으로 미끄러져들어간

어떤 다른 사람의 인생이 아닐까*

불현듯

*빠트릭 모디아노의 『어두운 상점들의 거리』 중에서.

꽃 진 자리

떨어지는 꽃잎 한 장으로
절 마당은 가려지지 않는다
망자는 사진 속에서 조금 늙는다
죽되 죽지 못하는 남자 앞에
살되 살지 못하는 여자가
술을 따른다
웅크린 어깨가 들썩
높게 괴인 과일 무너진다
괜한 헛발질 말고
부디 먼 길 고이 가라
노잣돈 올리고 바라춤 추는
육덕 좋은 중의 고깔 아래서
살집이 출렁,
땀으로 뒤범벅된 금생이
꽃잎 한 장으로 슬슬 가려진다
넋을 영접했다는 종이옷
재 되어 날아오르자
경 읽는 소리 더욱 높아진다

살아 있는 혼백

무릎 꺾고

바야흐로 꽃 진 자리

허공이 내려와 앉는다

덕장

1

며칠째 걷지 않은 겨울빨래 널려 있다
얼었다 녹았다 다시 얼어붙었다
맛이 깊고 육질이 부드러운 황태가 되기 위해선
추위와 바람 속에서 거듭 얼다 녹다 해야 한다
영하의 공중에 기랑이 빌린 채
내복바람으로 벌 서는 가족들
한껏 늘어진 티셔츠의 둥근 목둘레가
과녁을 향해 식구들을 지금
막 날려보낸 활시위 같다
누군가 속삭이며 담장 아래를 지나간다
박카스병에 넣은 농약을 식구들이 나누어 마셨대
담장을 넘지 않으려 애면글면
얼다 녹다 얼어붙은 눈물은 단단하다
깊고 맛있는 육질을 갖기 위해
지상에서처럼 지하에서도
얼다 녹다 해야 하리

2

빨랫줄에 널려 있는 바짓가랑이 사이로
저녁은 또 온다
네가 벗어두고 간 양말을 걸어 신는다
발목 부위처럼 휘어진 그리움을 통째로 삼키고도
낡은 회색 양말은 굶주린 듯 홀쭉하다
네 발이 되고 싶은 양말 속의 헐렁한 내 발은
맨발로 세상 밖을 헤매고 있을
너에게 가자고 조르며
책갈피 속에 끼워둔 놓쳐버린 기차표를 꺼내는데
이제 밖은 캄캄한 밤이고
가르랑가르랑 가래 끓는 소리 내는 오래된 냉장고
빠끔 열린 기억 속에서
명부전에 차려진 제사음식 같은 것들
기억의 부장품 같은 것들 꺼내
늦은 술상을 차린다

그녀에게선 양파냄새가 난다

그녀가 양파를 깐다 사닥다리 공갈 젖꼭지 헬리콥터 씨멘트 독이 빠지지 않은 벽이 어른거린다 개같이 울고 싶은 날 아예 양파 속으로 들어가 살림을 차린다 외눈박이 사내는 눈물을 허락하지 않는다 손톱 밑이 까맣도록 까놓은 겹겹의 껍질들이 겹겹의 터무니없는 속살임을 모를 리 없다 양파를 까며 그녀가 자꾸 웃는다 고무패킹이 고장난 수도꼭지처럼 나사를 조여도 웃음이 자꾸 새어나온다 빠진 배꼽구멍으로 눈물이 찔끔찔끔 새어나온다 울음을 뒤집으면 웃음이 된다 양파는 너무 맵다니까 눈물범벅이 되어 그녀는 자꾸 웃는다 슬픔도 가장이 필요하다는 걸 아는 건 슬픈 일이다 눈물의 알리바이 그녀는 양파를 깐다 그녀에게선 양파냄새가 난다

문

벽에 금이 갔다
균열 속으로
허드렛물이 흘러든다
흘러들기만 하고
흘러나오진 않는다
들어가는 문만 있고
나오는 문은 없는
봉쇄수도원 같다
어둠을 넣고 꿰매버린
수술자국 같기도 하다
얼마 후
균열이 이끼를 피워냈다
첫 외출이다
보송보송한 저 초록 벨벳 커튼
가만히 걷어내면
문고리가 안으로 달린
비밀문 하나 있을 것만 같다

묻어 있다는 것

막걸리집 구석방 대못에 걸린
허름한 바지며 모자며 작업복 들
이상하다 한번도 본 적 없는데
갈피갈피에 묻어 있는 얼굴 없는 얼굴 보인다
벽에 걸린 상장 밖으로 걸어나와
야반도주한 셋집애가 보인다 허물 벗듯
훌렁 벗어두고 간 물방울무늬 원피스
부여잡고 자지러지는 어미가 보인다
가출한 엄마 옷에 얼굴을 박고
울음을 터트린 어린 나도 보인다
비비적거리며 생긴 얼룩이 얼룩을
알아보기 때문이다
살 비비며 덴 자국이
불씨의 흔적을 알아보기 때문이다
화초의 덩굴이 창가 빛 쪽으로 구부러져 있다
건너편에 앉아 막걸리 따르며 손사래 치는
손 쪽으로 내 촉수가 구부러진다
내 안에 묻어 있는 네가 너를

알아보기 때문이다
부대끼며 분자의 배열이 바뀌고
형과 질이 바뀌기 때문이다
그런 것이다 묻어 있다는 것

내일처럼 오늘도 비가 왔다

1

아이들이 골목어귀에서 놀고 있다
산란하는 물고기처럼 빨대를 물고 비눗방울을
허공에 낳고 있다
투명한 막에 갇혀 둥둥 떠다니던 허공이 툭 터진다
큰 허공에 안기는 작은 허공들
나팔관 같은 골목길을 따라 아이들이 달려간다

2

임산부가 둥근 배를 내밀고 걷고 있다
두 손으로 간신히 버틴 꺾일 듯한 허리
발걸음을 멈추고 잠시 허공을 바라본다
한손에 움켜쥐고 있는 빵빵한 비닐봉지
그 투명한 비닐 자궁 속에서
붉은 금붕어들이 힘차게 몸을 뒤집고 있다

3

에바다 애견쎈터 철창 안이 비어 있다

'교배 전문' 글자 사이로 보았던
강아지 두 마리가 분양되었나보다
그 앞을 요란스레 지나가는 오토바이
사내의 허리를 필사적으로 감아쥐고 있는
여자가 치와와 같다

    4
비좁은 재래시장 골목
이 비를 다 맞고 달리는 자전거
뒤에는 환한 화분이 실려 있다
리본 속 '축 개업'이 빗물에 번진다
야채전 지나 기름집 지나

    5
내일처럼 오늘도 비가 왔다
허공에 물길을 트며

도로의 감식가

1

눈에 넣어도 아프지 않은 술래 따라
꽃밭을 지나 덤불을 지나
가시가 얼굴을 할퀴어도 아프지 않고
나무들이 폭소를 터뜨려도 시끄럽지 않은
목이며 어깨며 허리에 길을 두르고
낮술에 절어 꿈속을 헤메는 공원 벤치를 지나
꿈길밖에 길이 없어 꿈길을 갔어*
침례교회 십자가의 피뢰침이
위태로운 길들 모조리 땅에 파묻어도
신축 공사장 철근 위로 길은 자라지
체육관 창틀을 넘어오는 태권도 기합소리
아랫배에 힘주고 핸드마이크에서 풀려나오는
육쪽 마늘처럼 맵고 알싸한 길을 맛보며
식탁에 차려진 밥을 비우듯
평생 길을 맛보리

2

나는 지금 누군가

허공으로 던진 돌팔매

그러니까

공중누옥에 누워 있는 애첩

구름의 능선은 아름답고

높은 탄식은 늘 갑작스레 찾아오더라

구름 속 포물선의 정점에서

흡, 하고 멈추어서서

허공밖에 길이 없어 허공을 갔어

내가 지금 밟고 있는 바닥도

허공이야

구름은 늘 옳았어

*황진이 「꿈」 중에서.

봄밤

몸에도 길이 있다는 건 적막한 일이다
스쳐지나간 손길을 지우며
등나무가 제 몸을 비틀어놓았다
오른쪽으로만 자꾸 구부러지며 차오르는
나선형 줄기 끝에
잎들이 차양처럼 늘어져 있다
한 쌍의 연인이 그 밑으로 숨어들었다
뜨거운 포옹을 슬슬 가려주며
등꽃들만
왼쪽의 텅 빈 정적을 오래 비추어주고 있다
손 하나가 만들어놓은 길 따라
잠이 구부러지는
늦된 봄밤
나무 한켠이 반질반질하다

제4부

시간을 빠져나온 신발

1

달빛을 맞으며 그가 숲길을 간다
캄캄한 어둠과 앞서거니 뒤서거니
등가죽에 업힌 그림자가 헐렁하다
그림자도 생로병사하나보다
구부러진 등 위에서 출렁이던 달빛이 좌초된다
발을 헛디딘 달빛이 말라붙은 성기 사이로 입산한다
클클대며 달빛이 새끼를 쳐서 더 많은 달빛을
정적이 더 큰 정적을 낳는다
찢어진 비닐봉지가 돌부리에 채인 그를 거느리고
붕붕 허공으로 날아오른다
시간을 빠져나온 신발이 홀쭉하다

2

혀를 길게 빼고 헐떡이는 개의 등허리 위로
해가 떠오른다
등가죽이 들썩일 때마다 털 하나하나까지
들추어내는 태양의 입자들

숲의 전모가 드러난다

지난밤 숲의 실족 아무도 눈치채지 못한다

발 하나를 꿀꺽 삼켜버리고도 태연한 숲의 식욕

헝클어진 숲길을 되밟으며 누군가 약수를 뜨러 간다

멀리서 능선을 헐어내는 굴착기 소리 들린다

역광의 아침 햇살 받으며 뛰는 개의

꿈틀거리는 근육이 아름답다

기억의 형태

남극 빙하 속 기포에는 61만년 전 공기가
저장되어 있다고 한다
기포 분석만으로 과거의 대기를
복원할 수 있다 한다
이를테면 머리고기처럼 눌린 채 냉동저장된
수십만년 전 바람과 햇빛에 대한 기억을
복원할 수 있다는 것인데

밥을 먹고 돌아서자마자
할머니는 또 밥 달라 투정이다
백화점 기획상품 코너에서 발을 멈춘 건
'첨단 신소재 메모리폼은
(기억에도 형태가 있다)
당신의 몸을 기억합니다'라는 문구 때문이다
오늘밤 이후
저것은 내 몸의 일부를 기억하고 저장할 것이다
(기억에도 물증은 필요하다)

기억만으로 내가 사물의 일부가 된다면
너는 이미 나의 일부인 셈
가고 싶은, 갈 수 없는,
지우고 싶은, 지울 수 없는
밥투정하다 잠든 그녀가 갓난아이 같다
젖 빨던 기억을 복원하는 중인가보다

절박한 목욕

문 닫을 시간 임박한 대중목욕탕
허둥지둥 들어와 황급하게
목욕하는 여자
누군가에게 흠씬 두들겨맞은 상처와 피멍
커다란 젖통 훑고 지나간
뜨거운 불도장
수많은 눈들 피해
마감 직전에 들어와 후다닥
핏자국 닦아내는 여자
먼 길 달려와 강물에 업을 씻듯
붉은 플라스틱 목욕의자에
등을 보이고 앉아 연방
상처에 성수를 붓는 여자
씻기지 않는 피멍을 가리기 위해
김 서린 거울 속으로
여자가 미끄러지듯 들어가고
젊은 여인의 피가
젊음을 되찾아준다고 믿고

젊은 여자들을 살해해

그 피로 목욕했다는 한 여자*

걸어나온다

차마 감상할 준비되지 않은

완성되지 않아도 좋을

한폭의 그림 속 여자

그 긴박한 목욕에 대하여

다만

*16C 피의 여왕 '에르제베트 바토리'.

유로파

    총을 겨누고 비행기를 목성 쪽으로 돌리라고 조종사에게 위협하다가 소스라쳐 낮잠 깨다 비 오다 말다 하다 커피 떨어져 녹차 마시다 장롱 속 철 지난 가죽점퍼 속에서 영화 유로파 입장권 발견하다 사각의 작은 입장권 속으로 사뿐히 입장하기에 나는 아직 너무 뚱뚱하다 3회 1층 가열 27번이나 29번 입상권 속으로 사라져버린 한 자유주의자에게 편지를 쓰다 '당신이 생각하는 자유로부터 자유로워질 때 당신은 비로소 자유로워지리라' 오늘 쓴 편지가 오늘 밖에서 읽히는 것은 무례하다 비에 젖거나 구겨진 채 개봉될 오늘, 개봉되면서 배반당할, 오늘은, 결국, 목성의 달 유로파로 영원히 배달되지 못하리라 머리가 아프다 타이레놀 두 알 먹다

이인삼각

봄 햇살이 왕릉으로 소풍 가자 칭얼댄다 폐비의 무덤을 깔고 캔맥주 들이켜며 화투패나 돌린다 소풍 나온 아이들의 이인삼각 달리기 왕조 무너지듯 어긋난 박자 위로 다리들 곤두박인다 무덤자락 밟고 일어서려 용을 쓰는 다족류 벌레들이 쓰는 야사(野史)를 읽는 중이다 하나도 둘도 되지 못하는 저 다리 내 것인 줄 알고 남의 다리 훔쳤던 죄 한박자 어긋나서 나뒹굴며 사약 한사발 들이켜던 나도 창궐한 왕조의 폐비이다 관계자 외 출입금지 위에서 곤두박인 다리 같은 흑싸리 껍데기 같은 몰락한 왕조 위로 꽃가루 날린다

젖는다 젖지 못한다

저녁밥 짓다가 고장나 실려온
전기밥솥에 설익은 밥알들 가득하다
완성되지 못한 밥이 밥솥에서 부패한다
내다버린 어둠이 내다버린 옷걸이에 걸린다
아무것도 열 수 없는 열쇠꾸러미
폐경기의 불안이 시침이 떨어져나간
시계 안에서 헛돈다
쓰지도 않고 버려진 생리대
젖는다 젖지 못한다
속이 드러난 쏘파 위에서 교미하는
길고양이 한 쌍에게도
부서진 상다리에게도
은혜는 필요하다
정리해고되었다 차마 말 못하고
밥상을 집어던진 가장
갱생과 회생을 꿈꾸는 알코올중독자에게도
자다가 그대로 영안실로 들려간
행려병자에게도

쓰다 버린 빗줄기가

쓰지도 않고 버려진 우산에 내린다

'고철, 비철, 파지, 유리병, 플라스틱류, 재활용 폐기물 환
영' 젖는다 젖지 못한다

좌회전 깜빡이를 켜고

신호 기다리는 동안 진공청소기 속으로 빨려들어가듯 꾸벅 졸다가 클랙슨 소리에 놀라 깨 전봇대에 앉아 있던 새들 화들짝 사방으로 흩어지는 걸 보다가 질병관리본부 사거리 지나 터널 앞에 비상등 켜고 안전벨트 풀고 만화방창 조는데 라디오 토크쇼에 초대된 손님의 과장된 웃음소리 너머 착란의 준곤증 지나 누군가 구부러진 내 등허리 올라타고 내 살 아닌 살들 뜯어먹으며 내 것 아닌 헛것들 데리고 퀭한 세상 밖으로 가는 게 보여 아무래도 여기는 다른 사람의 꿈속 같아 만물 소생하듯 만병 창궐하는 봄볕 아래 주체할 수 없는 질병 속으로 노곤한 잠의 실핏줄까지 데리고

뚜껑

주억거리며 닻을 내리는 석양
지상의 맨 끝에 걸려 있는 조등(弔燈) 같다
꿈틀 물살도 몇차례 몸을 뒤집는다

사랑도 이제 노역인데
한번도 조복받은 적 없는 무구한 그대여
그대에게 사랑은 다만 길고 긴 첫날밤이거늘

우주가 저 뚜껑을 닫기 전에
어서!

찰칵

개심사보다
開心寺라는 말이 더
나를 열어젖힐 것 같은

봄날이던가
감자 캐는 사미의 뒷모습을
누군가 카메라에 담는다
구부러진 등만 열어놓고 내려가라 떠다미는,
생감자알처럼 아린 뒤통수만으로도
내 안의 소리굽쇠 떨며 떨며 먼데까지 가보는데

개심사에 닿아서도 차마 열어젖히지 못하는
마음의 문전만 더럽히고,
아린 뒤통수에 등 떠밀려 팔랑대는 상제나비 따라
언덕을 내려가는 길인데
유난히 선명한 묘지의 들꽃들
바람에 나부끼며 혼백을 터는 여기가 어디였더라

앞서 간 마음이 돌아서서 찰칵, 셔터 누르는
봄날이던가
아마 내리쬐던 쪽 볕 속에서
노곤한 한생을 누리던

손꼽아 기다리다

그녀가 한칸 빌어 기거하는 남의 선산 묘막
옹색한 윗목에
뻗쳐 있는 비료 한 포대
'파트너유기비료'와 나란히 누운 그녀는
거지반 묘지 속으로 들어가 있다
묘지와 흘레붙은 여생이 검비섯 피우며
파트너유기비료 속에서 쑥쑥 자란다
문맹인 그녀가 읽어달라 내미는 구겨진 종이에
삐뚤빼뚤 적혀 있는 무슨 날짜
아직도 손꼽아 기다려야 할 날은 있다
남의 묘막 빌려 쓰듯 잠시 빌려 쓴 생
가까워지는 죽음보다
그걸 혼자 맞이해야 한다는 사실이
더 두려울 거라 믿는 건 오히려 나다
그녀의 마지막은 누렁이가 지킬 것이다
사랑이란 고작 뒤를 지켜주는 것
그녀에게 모든 집이란 거대한 묘막일 터
앞니 사이에 낀 구릿한 찌꺼기 다시 씹으며

그녀가 누렁이에게 개밥을 준다
유일한 식솔 누렁이가 물어뜯는
월남치마 속 꽃잎이 날깃날깃하다

옛날 영화처럼

걸어놓은 레코드판에 실려
턱턱 튀며
더는 넘어가지 못하며
같은 소절을 반복하리
창밖에선 목련이 지리
터질 듯 부풀어오른 풍신
창틈으로 스며든 햇살이
각도를 달리하며
살을 조금씩 발라먹으리
자꾸 허공을 여는 열쇠
백골인 채로 얽혀드는
사랑은 죽음에 닿아 있으리
관 모서리에 못을 박듯
바람이 두드리는 노크 소리
저 혼자 울리다 지치는 전화벨
허리 잘린 노래가 통증을 호소하리
스며드는 봄볕에 연루되어
도망치지도 못하리

압정 누르듯 꾹꾹 누른 눈물

젖다 만 지폐 같은

모래시계 속의 시간이 역류하리

불러도 주인 없는

굳게 잠긴 57번 사물함
청바지 주머니 속
애니콜 핸드폰에서 터지는
봄의 왈츠
문 열어라 윽박지르며 애걸복걸하며
그러나 불러도 주인 없는 57번 봄은
지금 황토방에서 땀 흘리고 나와
어정쩡하게 서 있는
58번 내 알몸과 놀고 싶은 눈치다
더는 참을 수 없는 봄이
애니콜을 터트리며
굳게 잠긴 57번 사물함으로부터
호들갑 떨며 온다
58번 열쇠 채워진
내 발목을 간질이며

한 컷

스턴트맨이 주인공인 드라마
주인공 스턴트맨의 연기를
또다른 스턴트맨이 한다
3분짜리 한 컷을 찍기 위해
분장한 채 한나절을 기다린다
얼굴이 거세된 채
죽음으로 연기를 탐내던
연기의 죽음, 죽음의 연기는
그러나 N.G.로 끝났다
하나의 완벽한 소품이
No─Good!인 채
온전하게 사라졌다
분장한 채 평생을 기다린 진짜 죽음이
가짜 죽음을 뛰어넘었다
스릴있는 핵심만 골라
속전으로 살다가 속결로 갔다
실전보다 실감나는 리허설
한 컷이 완성되었다

무겁거나 가볍거나

장례식에 입고 갔던 옷을 결혼식에 입고 간다
매장될 준비를 끝낸 순백의 신부
옷깃에서 향긋한 죽음의 향내가 난다
잊지 말 것!
아름다운 그녀를 염할 때 염포는 꼼꼼하게
관 모서리의 못은 느슨하게
웨딩마치에 맞추어 입관하는 주검을 본다
결혼식에 입고 갔던 옷을 장례식에 입고 간다
한 영혼이 무거웠던 옷을 벗고 길고 긴
첫날밤 속으로 처음과 같이 영원히……
묘비에 이렇게 쓰여 있다
순백의 가벼운 날개를 달고 달뜬 채
신방으로 들어가는 주검을 나는 본다
가벼운 흥분처럼 몰려오는 식욕
게걸스럽게 밥을 먹고
거리를 걷다가 문득
중얼거린다
이제 한생을 다 구경한
고단한 옷을 쉬게 해야 한다고

발자국을 신고

발자국이 햇살을 담고 있다
내 발을 담고도 한뼘이 남는
누군가의 헐렁한 발자국을 신고
천천히 능선을 오른다
저 산 아래 두고 온 마음
자꾸 벗겨진다
낫을 들고 내려오는 사내를 지나친다
—밤나무를 베면 죄다 앓아눕는데—
언젠가 들었던 말이 떠오른다
나를 담고 산을 오르는
나보다 헐렁한 발자국의 주인도
어딘가에서 앓아누워 있을지 모르겠다
누군가를 베고 누군가에게 베이고
앓아눕던 날들
자기가 너도밤나무인지 모르는 너도밤나무
능선이 능선과 어우러져 이어지는 겨울 숲길을
누군지 모르는 내가
나보다 더 큰 발자국 신고 간다
자꾸 벗겨지는

하얀 스프레이 자국으로 남은

횡단보도를 건너다 넘어졌어
뜯어진 비닐주머니가 쏟아놓은 내장
뭉그러진 토마토 흩어진 생리대
이 길을 건너가 시금치를 데쳐야 하는데
조기를 구워야 하는데
생리대를 갈아야 하는데
머릿속은 하얗고 정오의 태양은 눈부셔
신호가 바뀌고 어디선가 들리는 웅웅거림
이건 생시가 아니야
하얀 스프레이 자국으로 남은 저 사람
아스팔트에 얼마나 누워 있던 걸까
시치미 뚝 떼고
쏟아진 내장들 제 것 아닌 척 버려두고
툭툭 털고 일어나 이 길을 건너갔을까
터진 솔기 꿰매지 못한 채
하얀 외관선만 남겨두고
일생을 내팽개치고 바깥으로 내뺐을까
하얀 스프레이 자국으로 남은 저 사람

누군가 잘못 그린 밑그림 위에
가만히 누워

부적절한 길 또는 길 밖의 길
황현산

　너무 당연한 말일지 모르지만 김혜수는 시를 참 잘 쓴다. 60편의 시 가운데 귀 빠진 작품 하나 없이 구절마다 눈길을 잡고, 읽는 사람을 이따금 앉았다 일어서게 하는 시집은 어느 시대에도 흔치 않다. '타고난 재주'라는 말이 합당한데, 그보다는 옛날 할머니들의 표현을 빌려 '그것 참 팔자다'라고 말하는 편이 더 좋겠다. 팔자라는 말은 한 재능에 대한 평가뿐만 아니라, 그 재능이 이 배은망덕한 세상에서 겪어야 할 신산한 운명에 대한 안타까움도 끌어안고 있기 때문이다. 예(藝)를 늘 살(煞)로 여겼던 노파들의 지혜를 증명하려는 듯이 김혜수는 과연 그 재능을 고통스럽게 사용한다. 시인 자신의 삶을 포함한 우리 시대 사람들의 불행하고 황당한 삶을 낱낱이 들춰내는 일도 그렇고, 합당한 리듬으로 그 삶을 그려내어 조용히 비평하는 일도 그렇지만, 먼저 그 삶이 불행하다는 것을 알아차리는 일도 뛰어난 재능을 필요로 한다.

　그의 시를 규정하기 위해서는 문명비평이라는 말이 그럴 듯한데, 정작 시를 읽다보면 그런 말이 조금 허황하다는 생각도 든다. 길고 거대한 시선으로 이 삶을 거슬러올라가 그 연원을 밝히고 그 전망을 짚어내는 말들을 김혜수는 크게 신뢰하지 않는다. 그는 자기 삶을 어떤 필연의 고리에 위치시켜 제 감정을 달래려는 사람이 아니다. 문명 같은 말은 이데올로기를 불러오기 마련인데, 그는 어떤 종류의 것이건 이데올로기의 인간이 아니다. 누가 그에게 이론을 말하면 다소곳이 듣고는 있겠지만, 마음속으로는 반드시 그런 것은 아니라고 생각할 것이다. 그에게는 살아야 할 삶이 있고, 그것을 어떤 이론의 그물에——아무리 촘촘한 그물이라고 하더라도——떼어 맡기는 일이 불가능하다. 그에게서 그물은 늘 해체된다. 그가 해체주의자여서가 아니라 오히려 붙잡고 있어야 할 삶이 그 그물에서 늘 벗어나기 때문이고, 그의 정신이 그것을 기민하게 인식하기 때문이다. 그는 현실주의자이며, 그의 재능도 거기 있다. 그렇다고 그가 목전의 현실을 너무 가까이 보고 있는 탓에 그 불행을 보다 큰 틀에서 성찰해야 할 지성이 거기 매몰되어 있다는 말은 아니며, 그의 언어가 현실의 궁지 속에 갇혀 있다는 말도 아니다. 이 '풍요로운 시대'의 외관 앞에서 삶이 불행하다는 것을 안다는 것은 정신이 철저하다는 것과 다른 것이 아니다. 김혜수의 시어는 늘 경쾌하지만, 삶의 불행에 대한 인식이 경쾌한 말이 되는 그 과정을 설명하려면 많은 개념을 동원해야 한다. 이는 우리가 이 삶의 허망함을 감추기 위해 사용하고 있는 이런저런 술책들이 그만큼 많다는 것을 거꾸로 증명한다. 그의 말은 그 방책들만큼이나 여러겹으로 철저하다. 다음은 「사과를 깎는다」의 전문이다.

노인 앞에서 사과를 깎는다
노인은 아마겟돈과 낙원에 대하여 얘기한다
낙원의 껍질이 나선형으로 깎여내려간다
사시(斜視)인 노인의 눈이 동굴처럼 깊다
노인은 까막눈이다
그는 여호와의 증인이 아니라
불립문자의 증인일지도 모른다
증인은 증인을 알아본다는 듯
노인의 눈이 나를 뚫고 어디로 간다
도르르 깎여내려가던 사과껍질이 끊어진다
나에게도 낙원은 필요하다
여섯 등분으로 나뉜 사과가
나를 뚫어지게 바라본다
낙원이 나를 한입 베어문다
이빨자국이 난 채

갈색으로 변한 내가 접시에 놓여 있다

여호와의 증인인 노인이 머지않아 도래할 지상낙원에 대해
이야기한다. 그 낙원이 사과로 은유되는 것은 인류의 조상
이 그 낙원을 사과 한 알과 바꾸었기 때문만은 아니다. 사
과는 우리에게 중력을 일깨워준 적이 있지만, 바로 그 사과
가 이제 "불립문자"의 어떤 신비로운 과정을 거쳐 찾아올
다른 세계의 무중력을 증명해줄 터이다. 그 세계에서라면
인류는 사과 속의 아기벌레처럼 살 수 있겠다. 불립문자는
제 언어가 현실의 불행을 떨치고 비약하기를 바라는 시인
이 몽매에도 찾아 헤매는 경지이기도 하다. 노인은 제 말이
설득력을 얻었다고 생각한다. 시인도 사과를 깎던 손이 잠
시 떨린다. 그러니 시인이 사과를 한입 베어물고 낙원을 맛
보는 순간은 그 낙원이 여섯 조각이 나는 순간, 다시 말해
서 분석되는 순간이다. 사과 한 알을 주고 다시 되찾을 수
있는 낙원은 없다.

　그러나 이 시의 주안점은 낙원이 없다는 데 있는 것이 아
니라 시인의 마음이 흔들릴 뻔했다는 데 있다. 시인의 감정
이 잠시 동요한 것은 그가 제 시의 알레고리를 거기서 보았
기 때문이다. 낙원에 이르는 길이 가능하다고 믿을 수 있어
야만 일상의 말이 시가 되는 길도 열릴 것이 아닌가. 그는
명철한 정신의 끈을 끝까지 놓아버리지 않지만, 저 기적의

언어에 대한 유혹을 떨쳐버릴 수 없으며, 유혹은 또다른 유혹을 끌고 온다. 불립문자의 길을 문자로 증언하려는 그에게도 모조된 낙원의 미끼처럼 수상한 길은 자주 나타난다. 모른 척하고 가는—가주는—그 길이 실은 얼마나 압제적인가. 「모든 첫번째가 나를」에서 시인은 아침에 흘려들은 노래를 하루종일 흥얼거리듯이 "모든 첫번째 기적들이" 그를 예인선처럼 끌어가,

> 모든 설레임과 망설임과 회한을 지나
> 모든 두번째와 모든 세번째를 지나
> 모든 마지막 앞에 나를 짐처럼 부려놓으리

라고 예상한다. 그는 "모든, 첫번째의, 인질"이다. 「내일처럼 오늘도 비가 왔다」에서, 아이들이 비눗방울이라는 "큰 허공에 안기는 작은 허공들"을 쫓아가는 골목길은 "나팔관"에 비교되고, '임산부의 둥근 배'는 그녀가 금붕어를 담아 들고 가는 "빵빵한 비닐봉지"에 비교된다. 삶은 늘 감옥에서 허공에 이르거나 또는 그 반대이지만, 미래가 전해주는 일기예보가 이 재난을 막아주지는 않는다. 철든 생명에게도 철없는 생명과 마찬가지로 다른 길이 없다. 시인은 뻔한 결말을 내다보면서도 솔깃해지지 않을 수 없다. 「얇아진 내 귀는」에서, 시인은 "공중으로 하관(下棺)하는 길" 같은

엘리베이터를 타고, 동승한 어느 사내의 이어폰에서 "고치실처럼 풀려나오"는 선율을 듣는다. 상상의 고치실이 "공중무덤 속에서 번데기로" 누운 채 상승하는 시인 자신의 모습으로 변조되어, 죽음의 이미지와 상승의 이미지가 갈등하는 가운데 "실뜨기하듯 밀고 당기며 실랑이"하던 시인의 "얇아진" 귀는 마침내 "천상의 소리"를 듣고 만다. 시인은 이 음악의 고치실이 "썩은 동아줄"인 것을 익히 알고 있으나, 끝내 기도의 말을 읊조리고 만다: "나를 세상 밖 어디라도 보내줘". 세상 밖은 물론 없으며, 엘리베이터는 여전히 하관하는 관이다. 노래는 그 하관의 방향을 허공으로 바꿔놓을 뿐이다.

"위안에 목마른 나의 님이여"는 한용운의 시구이다. 김혜수는 마치 자신이 그 목마른 사람인 것처럼, 「연습」에서 자판기의 종이컵에 새겨진 "조금 많이 행복한 오늘 되세요"라는 빈 인사말에까지 귀를 기울인다. 그러나 시인을 쉽게 매혹되는 자라고 비난할 수는 없다. 그의 '얇은' 귀는 그의 민감함이자 재능이며, 아무리 작은 기미로라도 이 삶을 조금 나은 자리로 옮길 수 있다는 소식이 전해지면, '지옥이건 천당이건' 어디라도 찾아가려는 그의 의지이기 때문이다. 그는 어떤 경우에도 길 밖에 길이 있다는 생각을 완전히 포기하지는 않는다.

물론 김혜수가 걷는 길은, 다른 여러 사람들의 길과 마찬

가지로, 항상 매혹된 마음으로 가는 길은 아니다. 때로는 그
것이 길이라기에 가기도 하고, 직접적으로건 간접적으로건
강요를 받아서 가기도 한다. 매혹된 길이 아니라서 속을 일
이 없다고 말할 수도 없다. 「야유회」에서, "대절버스"를 타
고, "벽제숯불갈비"를 지나, "서울시 시설관리공단 장묘사
업소 2km→"를 지나, "납골당 분양합니다"를 지나 야유회
가며 음악에 맞춰 흔들어대던 길은 그 "출렁이는 살집" 버
리고 화장터에서 한줌 재가 되어 나오는 길로 바뀐다. 「발
자국을 신고」에서 가는 길도 본질적으로는 같은 길이다. 시
인은 눈 덮인 길을 따라 산을 오르고 있다. 앞사람이 내놓
은 "발자국이 햇살을 담고 있다". 시인은 제 "발을 담고도
한뼘이 남는/누군가의 헐렁한 발자국을 신고" 능선을 오
른다. "저 산 아래 두고 온 마음" 때문에, 다시 말해서 내키
지 않는 마음 때문에 발자국이 "자꾸 벗겨진다". 시인은 그
발자국의 주인일지도 모르는 한 사내가 낫을 들고 산에서
내려오는 것을 보며, "밤나무를 베면 죄다 앓아눕는데"라
고 언젠가 들었던 말을 떠올린다. 앓아눕는 것은 밤나무일
까 밤나무를 벤 사람일까 양쪽 모두일 것이다. 우리는 모두
"자기가 너도밤나무인지 모르는 너도밤나무"이기 때문이
다. 생명이 생명을 해치면 생명이 앓아눕는다. 사람들이 간
다고 해서 '너도' 따라가는 길의 비극이 그러하다.

　유혹의 길은 그것이 결국 환멸에 부딪친다고 해도, 다른

길에 대한 열정이 없이 헐렁하게 주어진 발자국을 따라가는 길보다는 낫다. 시인은 「공갈빵」에서 "공갈빵은 먹기 직전까지만 빵이다"라고 말하지만, 정작 암담한 시간은 그 허황함마저도 허락되지 않는 시간이다.

> 춤만 있고 춤추는 사람은 없는
> 하모니카 뭉개진 소리만 있고 연주가는 없는
> 주정만 있고 술꾼은 없는
> 텅 빈 지하철 속을
> 쩌렁쩌렁
> 빈 음료수캔이 누비고 다닌다
>
> ―「공갈빵」부분

유혹이 점처럼 길이와 면적을 얻지 못하고, 메마르고 사건 없는 시간들이 줄곧 정신을 지배한다는 것은 매혹되는 사람의 비극이 아니라 '사람들'의 비극이다. 시인이 매혹되기를 멈출 때, 우리의 내장을 가리고 있는 장막은 벗겨져 어디에도 성장이 없는 삶이 드러나고, 자주 죽음의 그림자가 어른거린다. 「아직 옷이 아닐 때」는 트럭에 실려가던 옷감들이 운전부주의로 길거리에 쏟아지는 풍경을 묘사한다. 소질과 가능성이 끝내 개화하지 못하고 "한 필의 피륙 속 꽃무늬로/천천히" 퇴색하는 사람들의 운명을 이제 옷이 되지 못할 이 옷감들이 우의한다. 「세숫대야가 필요하다」에서는 "방생한 물고기를 하류에서 되잡아 파는 사람을 목격하고 조모가 자라를 집으로" 다시 가져온다. 방생은 포기되었고, 조모는 자신이 방생되기를 기다리며 제 마음속에 갇히는 신세가 된다. 방생을 위해 필요하다는 "좀더 큰 세숫대야"는 물론 관일 것이다. 죽음을 그렇게 방생이라고 부르건, 「한 개보다 긴 그림자」에서처럼 분리수거라고 부르건 달라질 것은 없다. 생명은 사용되고 나서—많은 경우는 사용되지도 못하고—일정한 기간을 사람들을 미혹했거나 하지 못했던 물건들처럼 폐기된다.

생명과 그 생명으로 만든 것들이 성장도 마무리도 없이 서서히 마멸되는 이 시대의 풍조에서 죽음은 특별한 가치를 지니지 못한다. 삶은 죽음과 맞잡이할 때 그 힘을 가장 크게 떨칠 터이지만, 김혜수가 목격하거나 전해들은 죽음은 존재의 극단적인 사물화일 뿐이어서 삶에 힘을 보태지 못한다. 말하자면 죽음을 건 결단 같은 것은 없다. 죽음을 바라보지 않고, 따라서 삶도 바라보지 않고, 저 헐렁한 남의 발지국을 신고 걷는 삶에는 어디에도 결단이 없다. 「말해보렴, 뭘 했니?」는 목매달아 죽은 여자의 이야기지만, 그것은 "매듭지을 수 없는 수많은" 문제들을 "한가닥의 끈으로" 너무나 간단하게 매듭지어버린 개인적 사건에 불과하다. 시인은 "네 젊음을 가지고 무얼 했니?"라고 베를렌느가 옥

중에서 저 자신에게 던졌던 질문을 그 여자에게 던지지만, 그 젊음과 다른 젊음 사이에는 '급격한 폐기'와 '느린 마모'의 차이밖에 없다는 것을 잘 알고 있다. 시집의 첫 시 「챔피언」에서 왕년의 챔피언이 되어 비누를 팔기도 하고, 왕년의 전과자가 되어 칼을 팔기도 하는 전철 속의 행상처럼 본체는 없고 아바타만 남아 있는 것이 이 세계화 시대의, 이 개인 말살 시대의 존재양식이다. 이 총체적인 재난 아래서, 또한 그에 대한 깊은 인식 안에서, 김혜수가 자주 실패담의 형식으로 전하는 유혹적인 시간의 시말은 이 불행이 얼마나 철저하고 헤어나기 어려운 것인지를 드러내는 수사법에 불과한 것처럼 보이기도 한다.

그러나 김혜수는 작은 유혹에서와 마찬가지로 큰 유혹 앞에서도 비평적 시선을 거두어버린 적이 없기에 도리어 그 매혹됨의 진정성이 드러난다. 매혹은 물론 결핍과 연결된다. 「부적절한 보행」은, 이를테면 거미처럼, "수직에 강하고 수평에 약한" 족속들을 이야기한다. 시인은 그런 족속들을 "더 알고 있다". 어떤 촉수를 사용하건, 어떤 보행법에 의지하건 저마다 "건널 수 없는 길 하나씩"을 제 몸에 품고 있다고 그는 말하고 싶은데, "거기까지가 길인 거라고 하기엔" 무언가 "부적절"하다고 생각한다. 랭보는 거의 비슷한 문맥에서 "우리의 욕망에는 멋진 음악이 부족하다"(「꽁뜨」, 『일뤼미나씨옹』)고 썼다. 그러나 부적절한 길을 문득 바르게

펴줄, 한 천재의 운명을 완성해줄 그 음악의 구체적인 내용에 관해서는 말하지 않았다. 그가 어떤 음악을 가정하고 고안해도 그것은 늘 부족한 음악이었을 터이다. 김혜수에게도 랭보에게도 끝없이 말을 이어나가는 일밖에, 그 일을 위해 끝없이 유혹자를 발견하여 거기에 몸을 맡기는 일밖에는 다른 도리가 없다. 시는 어느날 한번 보았던 빛을, "거기까지가 길"일 수 있는 길을 포기하지 않는 기술이다. 그리고 자기에게 던져진 유혹의 눈길과 똑같은 눈길을 만들어 다른 사람들에게 던지는 기술이다.

김혜수의 언어는 어느 자리에서나 악동하며 마음을 걸어당긴다. 그는 늘 삶의 불행에 관해 말하고 실패에 이른 작은 모험에 관해 말하지만, 그 불행과 실패를 표현하는 말들은 더할 나위 없이 적절해서 그 발랄한 기운이 읽는 사람의 감정과 정신을 들어올린다. 현실이 아무리 나쁜 수렁에 빠져 있어도, 주눅 들지 않는 말들은 남아 있다. 「휘둥그레져서」의 뒷부분을 옮긴다.

이 모든 게 벽속에서 일어난 일이라니
망가진 시곗바늘이 저 혼자 돈다
물컵이 솟구쳐오르다가 엎질러진다
물은 물컵이 잠시 그립기도 하지만
창틀이 날아오른다

와장창 유리파편에 찔린 바람이
저절로 뜬금없이 랄랄라 풀려난다
서랍이 끓어넘친다
놀란 빗자루가 날아오른다
닭이 날아오른다
벼슬을 곧추세우며 홰를 치며
허공의 새들 휘둥그레져서

　벽 속에 억압되어 있던 원망과 분노의 감정이, 또는 사랑
의 감정이 어느 순간 벽을 뚫고 나와 부부싸움 같은 싸움이
벌어진다. 풀려난 감정의 바람은 거세서 방 한 칸이, 집 한
채가 남아날 것 같지 않다. 이 억압된 감정의 불꽃놀이를
허공의 새들까지 눈이 "휘둥그레져서" 구경한다. 이 불행
한 격정을 표현하는 김혜수의 말은 아름답다. 원망의 편에
서 보내는 의외의 선물과 같고, 분노가 차려주는 만찬과 같
고, 사랑의 꽃다발과도 같다. 김혜수는 시를 잘 쓴다. 사실
그는 첫 시집을 내고 17년 만에 이 두번째 시집을 내놓는
다. 그동안 김혜수는 행복하지 않았을 것이다. 그러나 제가
할 일을 한시도 잊어버리지 않았을 것이다. 억압되었던 그
의 재능은 벽을 뚫고 나와, 우리의 삶과 욕망에 부족한 것
으로 남아 있는 그 음악에 가까이 다가간다. 그가 쓰는 언
어들은 둔한 정신에도 '얇은' 귀를 붙여주고, 말의 비밀을

아는 사람들의 눈을 휘둥그레지게 한다.

　사족으로 몇마디를 덧붙인다. 말의 실끝에 집착해「역전 식당」「꽃 진 자리」「찰칵」 같은 시를 언급하지 못한 것이 아쉽다. 이들 시에는 삶에 대한 적막한 명상과 처연한 사랑, 그리고 드높은 경외감이 있다. 김혜수에게서 고난의 시간은 이런 명상의 시간과 자주 겹쳤을 것이다.

黃鉉産 | 문학평론가

십구년 만에 낸 시집이 아니라 그 시간동안 도망치다 덜미 잡힌 자의 변명 같다. '시를 쓰고 있는 동안만 시인이고 시를 한편 쓰고 나서 다시 시인이 될 수도, 안될 수도 있다'고 누군가 한 말은 옳다. 인공포육실에서 어미에게 외면당한 호랑이 새끼에게 사육사가 우유를 먹이는 장면이 스친다. 우유만도 못한 시라니⋯⋯.

밀림에서 사자가 달려올 때 옷을 벗어 빙빙 돌리면 그 회오리 자체가 큰 존재로 착시되어 사자가 도망간단다. 실은 회전하고 있는 옷의 가운데 텅 빈 허공이 있는 줄도 모른 채⋯⋯. 그처럼 우리 몸속에도 전자가 돌고 있고 그 회전의 가운데 허공이 존재한다고 건너편에서 '처음처럼'을 들이키며 열변을 토하고 있는 당신이라는, 시라는, 나 자신이라는 허공을 생각한다.

2010년 11월

김혜수

창비시선 323

이상한 야유회

초판 1쇄 발행 / 2010년 11월 25일

지은이 / 김혜수
펴낸이 / 고세현
책임편집 / 전성이
펴낸곳 / (주)창비
등록 / 1986년 8월 5일 제85호
주소 / 413-756 경기도 파주시 교하읍 문발리 513-11
전화 / 031-955-3333
팩시밀리 / 영업 031-955-3399 편집 031-955-3400
홈페이지 / www.changbi.com
전자우편 / literat@changbi.com
인쇄 / 상지사P&B

ⓒ 김혜수 2010
ISBN 978-89-364-2323-0 03810